AF585819

ODE
A MA FEMME,
SUR
SON ABJURATION,
ET
LA RÉHABILITATION
DE NOTRE MARIAGE.

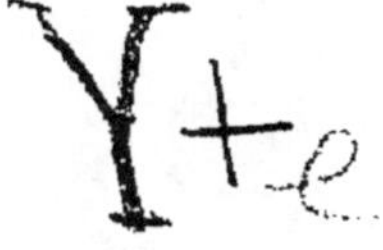

ODE

A MA FEMME (a), SUR SON ABJURATION, ET LA RÉHABILITATION DE NOTRE MARIAGE.

I.

PRÉJUGÉ, fier tyran des hommes,
Fils du néant, pere des ſots,
Hélas ! aveugles que nous ſommes,
Suivrons-nous toujours tes drapeaux !

(a) M. Doüin, Écuyer, ancien Capitaine d'Infanterie, ayant en 1765 épouſé Miſs Dorcas Randall, dans la nouvelle Angleterre, où il étoit allé de Saint-Domingue où il ſervoit alors, pour rétablir ſa ſanté; cette jeune Dame, arrivée en France en Juin 1771, s'eſt miſe en retraite chez les Dames Religieuſes Feuillantines à Paris, pour s'inſtruire dans la Religion Catholique Romaine, & a fait, le 20 de ce préſent

Pourquoi notre ame à ta manie
Lâchement s'eſt-elle aſſervie ?
Pourquoi voyons-nous tels & tels,
Des Eſprits-forts les Coryphées,
De leur raiſon faire trophées,
Afin d'en parer tes autels ?

II.

Ainſi cet amour, dès l'enfance,
Nourri, Damis, par les appas
De ton incomparable Hortence,
Doit expirer entre ſes bras !
En vain, ſur tes levres parjures,
La tendreſſe que tu lui jures,
S'exhale en ſermens ſuperflus,
Hortenſe ! tu deviens Épouſe :
Le Préjugé parle ; on l'épouſe ;
Et ton Amant n'eſt déja plus.

---

mois de Février 1772, ſon abjuration entre les mains de Monſeigneur l'Évêque de Cydon, nommé à l'Évêché de Glandèves. C'eſt ce qui a donné ſujet à cette Ode.

III.

Heureuſe encor, ſi de la mode
Tu reçois ce breuvage amer,
Et s'il n'a puiſé qu'en ſon Code
La loi de ceſſer de t'aimer !
Peut-être une demi-année
Verra ta chaîne infortunée
L'accabler déja de ſon poids ;
Et de nouveaux plaiſirs l'amorce
Lui feroit hâter un divorce,
S'il ne craignoit le cri des loix.

IV.

Loin de nous ces dures maximes
De Légiſlateurs inhumains,
Qui croyent qu'on n'obvie aux crimes
Qu'en épouvantant les humains.
Le ſeul glaive de la Juſtice
Peut donc en impoſer au vice !
Ainſi, ſans le ſecours des loix,
Sourd à celles de la Nature,
L'homme lui feroit plus d'injure,
Que la panthere au fond des bois !

V.

De ſon triomphe Philomele
Ici fait retentir les airs ;
Plus loin, plaintive Tourterelle,
Tu gémis de plus triſtes airs :
Le chêne ſourd, le froid érable (1),
Les rochers, le pin, fils du ſable (2),
Seuls ſont témoins de leurs accents :
L'un pleure ſon épouſe abſente ;
Pour l'amuſer, cet autre chante (3) :
Tous deux n'ont pour loi que leurs ſens.

VI.

Chere Epouſe, aimable compagne
De mes peines, de mes plaiſirs,
Toi que la douceur accompagne,
Philoſophe dans tes deſirs ;

---

(1) L'érable ſe plaît fort & croît bien à l'ombre.

(2) Le pin croît principalement dans les ſables.

(3) Le Roſſignol chante tandis que ſa femelle couve.

J'obtins du ſein de (1) l'opulence
Ta main au ſortir de l'enfance (2);
Nos biens nauffragent; & mes yeux
Voyent, en moins de cinq années,
Trois fois changer nos deſtinées,
Mais jamais ton cœur vertueux.

VII.

Eſt-ce donc au pays propice
Qui vit éclorre tes appas,
Qu'il faut que mon cœur applaudiſſe?
Nouvelle Albion (3), beaux climats!
Sans doute la liberté pure
Que Boſton (4) aux Mortels aſſure,

---

(1) Madame Doüin (Dorcas Randall) étoit, quand elle fut mariée, chez l'Honorable William Randall ſon pere, Écuyer, Surintendant Général des revenus du Roi d'Angleterre en Amérique.

(2) Dans ſa quatorzieme année.

(3) La Nouvelle Angleterre.

(4) La Capitale de la Nouvelle Angleterre, grande, riche & belle ville, lieu de la naiſſance de Madame Doüin.

Les rend plus ſages, plus parfaits :
Sans doute l'air qu'on y reſpire
Avec la nature conſpire
A la vertu de tes Anglois !

VIII.

Préjugé vain & ridicule !
Le vice, ainſi que la vertu
Sur tout notre globe circule,
Et l'un par l'autre eſt combattu.
Solon le Grec, Cyrus le Scythe,
Guſtave (1), notre Henri, Tite
Furent tous grands, tous vertueux :
Phryné, Laïs, Ninon, Livie,
Fisher (2) vivront dans l'infamie
Juſques chez nos derniers neveux.

IX.

Enfin, au ſein de ma famille,

(1) Roi de Suede.

(2) Courtiſanne de Londres, fameuſe en Angleterre.

Après mille dangers divers (1),
De mes tendres parens la fille,
Tu vas jouir. . . . . mais quel revers!
Cruelle erreur qui nous abuſe !
Oui, ma religion recuſe
Cet Autel, témoin de nos vœux.
Les Loix ont prononcé, ma chere (2),
Notre lien n'eſt qu'une chimere ;
Ciel ! briſez-vous de ſi doux nœuds ?

X.

Non, je ſuis ton Epoux encore
Aux yeux de l'Être tout-puiſſant,
De ce Dieu qu'Albion adore
Quoiqu'il refuſe ſon encens :
Ta main me fût-elle odieuſe
Autant qu'elle m'eſt précieuſe ;

---

(1) Son voyage de la Nouvelle Angleterre en France, de 1800 lieues, a été très-orageux.

(2 Cette expreſſion, deux fois répétée dans cette Ode, doit être regardée comme appartenante au *coſtume*, puiſque c'eſt la traduction littérale du *my Dear*, dont les Anglois, de tous rangs, ſe ſervent toujours de mari à femme, & de femme à mari.

Périsse le vil suborneur
Qui de ses serments se croit quitte,
Quand la loi des hommes l'acquitte,
Quoique condamné par son cœur.

XI.

Que la disparité du culte
Ne s'oppose point à nos vœux;
C'est à ma DORCAS faire insulte,
Que de croire qu'à ses Aïeux
Elle ait, stupidement docile,
Juré d'observer l'Evangile
Tel que l'expliqua Jean Calvin:
Qui réforme une loi divine
Lui doit prouver que sa doctrine
Porte un caractere divin.

XII.

Eh quel apôtre en Angleterre
Planta donc ce culte nouveau?
Quoi le défenseur (1) de Saint Pierre

(1) Le Roi Henri VIII composa, en faveur du

A ſur lui levé le couteau !
Sur les ruines du Capitole
D'Anne (1) on voit s'élever l'idole ;
Tremble, ô toi dernier des Henris (2)
Adultere ! tu fus la cauſe
Qu'Orange (3) à Weſtminſter (4) repoſe,
Et le Roi Stuart (5) à Paris.

XIII.

Tombe de ce Roi, de ſes peres,
Monument d'expiation
Qu'offrent au Ciel dans leurs prieres

Saint Siége, un livre qui lui valut du Pape le titre de Défenſeur de la Foi ; &, par une contradiction inconcevable, les Rois d'Angleterre l'ont toujours conſervé depuis.

(1) Anne de Boulen.

(2) Henri VIII.

(3) Guillaume, Prince d'Orange.

(4) Abbaye à Londres, où les Rois d'Angleterre ont leur ſépulture.

(5) Jacques II, Roi d'Angleterre, eſt inhumé dans l'Egliſe des Bénédictins Anglois.

Les Cénobites (1) d'Albion ;
Toi, dont la voûte solemnelle
Chaque jour frappe la prunelle
De ses yeux (2) à peine entr'ouverts,
Produis, du fonds de ton asyle,
Un guide (3) à son ame docile
Parmi les pieges des Enfers.

XIV.

L'Autel est prêt, viens, tu protestes
Que tu renonces à l'erreur
Que tu connus, que tu détestes
Depuis quatre hivers en ton cœur.
Que l'auguste cérémonie
Du plus doux hymen soit suivie ;
Et que Rome, avouant nos vœux,

---

(1) Les Bénédictins Anglois.

(2) L'Église de ces Peres est contiguë au Couvent des Feuillantines.

(3) Le R. P. Dom Welsh, Prieur des Bénédictins Anglois, s'est chargé de l'instruction & de la direction de Madame Doüin, qui ne parle pas encore François.

Nous aſſure aujourd'hui ma chere (1),
Moi, d'un paradis ſur la terre,
Toi, d'un triomphe dans les cieux.

---

(1) Voyez la note (2) de la ſtrophe IX.

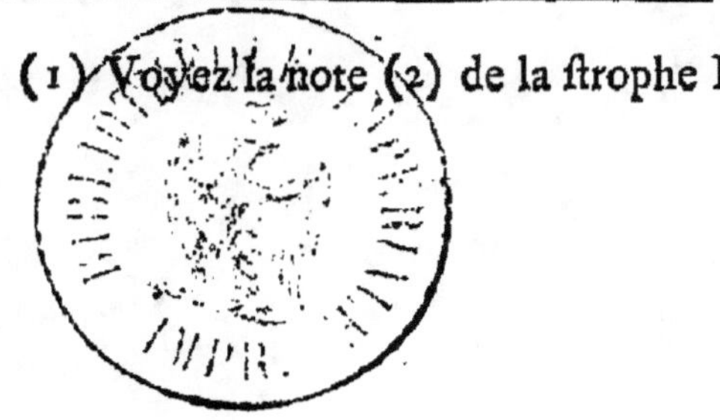

www.ingramcontent.com/pod-product-compliance
Lightning Source LLC
LaVergne TN
LVHW012023170826
845678LV00004BA/1611

9782329625379